Catalogage avant publication de Bibliothèque et Archives nationales
du Québec et Bibliothèque et Archives Canada

Gravel, François

À nous deux, Barbe-Mauve!

(Les histoires de Zak et Zoé; 6)
(Série Cinéma extrême)
Pour enfants de 7 ans et plus.

ISBN 978-2-89591-129-6

I. Germain, Philippe, 1963- . II. Titre. III. Collection: Gravel, François.
Histoires de Zak et Zoé; 6.

PS8563.R388A63 2012   jC843'.54   C2011-942252-2
PS9563.R388A63 2012

Tous droits réservés
Dépôts légaux: 1er trimestre 2012
Bibliothèque nationale du Québec
Bibliothèque nationale du Canada
ISBN 978-2-89591-129-6

© 2012 Les éditions FouLire inc.
4339, rue des Bécassines
Québec (Québec) G1G 1V5
CANADA
Téléphone: 418 628-4029
Sans frais depuis l'Amérique du Nord: 1 877 628-4029
Télécopie: 418 628-4801
info@foulire.com

Les éditions FouLire reconnaissent l'aide financière du gouvernement du
Canada par l'entremise du Fonds du livre du Canada pour leurs activités
d'édition.

Elles remercient la Société de développement des entreprises culturelles du
Québec (SODEC) pour son aide à l'édition et à la promotion.

Elles remercient également le Conseil des Arts du Canada de l'aide accordée
à leur programme de publication.

Gouvernement du Québec – Programme de crédit d'impôt pour l'édition de
livres – gestion SODEC

IMPRIMÉ AU CANADA/PRINTED IN CANADA

Les histoires de **Zak** et **Zoé**

À nous deux, Barbe-Mauve !

François Gravel

Chapitre 1
ZAP !

Mon amie Zoé et moi aimons beaucoup regarder des films ensemble, surtout depuis que Zut, le chien de Zoé, a mordu la télécommande. Je ne sais pas ce qu'il a fait exactement, mais depuis ce jour-là, nous pouvons entrer dans le film et en sortir quand nous le voulons ! Il suffit d'appuyer sur le bon bouton, et ZAP ! nous nous retrouvons sur une autre planète ou dans un château de vampire ! Nous pouvons aussi faire avancer le film plus ou moins vite, faire des pauses, sauter à la scène suivante...

Si seulement on pouvait avoir ce genre de télécommande dans la vraie vie! La maîtresse nous donnerait un devoir trop long? ZAP! Il serait déjà fini! Nos parents nous serviraient un repas qu'on n'aime pas? ZAP! L'assiette serait dans le lave-vaisselle! L'hiver nous semblerait éternel? ZAP! Ce serait l'été! On aurait envie d'une deuxième portion de dessert? ZAP! On reculerait dans le temps et on recommencerait!

Notre télécommande ne fonctionne malheureusement qu'avec des films, mais c'est bien suffisant pour nous amuser! Passez au chapitre suivant, et vous verrez bien!

Chapitre 2
DU MAÏS AU POIVRE

Aujourd'hui, c'est Zoé qui vient chez moi. J'ai tout préparé pour que nous passions un bel après-midi : il y a du maïs soufflé sur la table et le film que nous avons choisi est déjà dans le lecteur. Zoé, de son côté, a apporté sa télécommande magique. Il ne reste plus qu'à appuyer sur le bouton et nous nous embarquerons bientôt pour une île des Caraïbes.

À nous les mers chaudes, les plages de sable, les palmiers, les singes et les perroquets : c'est une histoire de pirates ! Nous assisterons à quelques batailles, naturellement, et nous découvrirons un trésor, bien sûr. Nous avons déjà regardé le film deux fois pour bien nous préparer, alors nous savons tout ce qui va arriver !

À 14 heures pile, Zoé frappe à ma porte. Aussitôt entrée, elle s'affale sur le tapis. Tout juste avant, cependant, elle a déposé une poivrière sur la table, à côté du bol de maïs.

– … Tu assaisonnes ton maïs soufflé avec du poivre, toi?

– Mais non, voyons! Je l'ai apporté parce que j'en aurai besoin à la fin du film. Mais assez discuté! Appuie sur «lecture», j'ai hâte de commencer!

– Parfait! C'est à moi de choisir la première scène. J'espère que tu as apporté ton maillot de bain et ta crème solaire! Attention! Un, deux, trois… ZAP!

Chapitre 3
BARBE-MAUVE

Nous voici sur une île des Caraïbes! J'ai choisi d'arriver au tout début du film, avant que l'action commence. Les pirates vont bientôt surgir dans leur grand voilier noir décoré de crânes et de tibias, mais en attendant, nous avons le temps de nous baigner!

— Tu as eu une bonne idée, me dit Zoé. C'est vraiment le paradis! L'eau est tellement bonne!

Nous nous amusons sur la plage jusqu'à ce que nous apercevions les bateaux pirates à l'horizon. Je n'ai alors qu'à appuyer à nouveau sur le bouton et ZAP! nous passons à la scène suivante! J'adore cette télécommande!

Nous sommes maintenant dans une cachette aménagée au sommet d'un palmier. De là, nous apercevons le bateau pirate qui vient d'accoster. Les bandits ont pillé un navire et transportent le butin dans leur repaire. Ils ont dérobé des dizaines de caisses pleines de bijoux et de pièces d'or. Ils ont aussi capturé la princesse

Esmeralda, dont les poignets et les chevilles sont enserrés dans de lourdes chaînes de métal. Elle est vêtue de haillons déchirés, mais elle est quand même très belle. VRAIMENT très très très belle. Est-ce que je vous ai dit qu'elle était belle ? Quand je la regarde trop longtemps, je perds la mémoire !

Les pirates, eux, sont tous plus laids les uns que les autres, mais Barbe-Mauve, leur chef, est vraiment le plus hideux de tous. En plus, il pue. Quand il passe sous notre cachette, nous nous bouchons le nez.

Mais on dirait que Barbe-Mauve a le nez fin, lui aussi...

– Qu'est-ce que je sens ? rugit Barbe-Mauve en reniflant. Un de mes hommes aurait-il défié mes ordres et se serait-il lavé les pieds ? Ils devraient pourtant savoir que je déteste l'odeur du savon !

Il lève alors les yeux et nous aperçoit! Je n'avais pas prévu ça! Qu'allons-nous faire? J'essaie d'appuyer sur une touche de la télécommande pour nous tirer de ce mauvais pas, mais je n'en ai pas le temps. Les pirates secouent le palmier et nous font tomber comme des noix de coco. Ils nous attrapent dans un filet puis ils nous ligotent! Nous voici à la merci de ces cruels bandits!

– Comment ces deux enfants ont-ils pu apparaître sur notre île ? se demande Barbe-Mauve en se grattant la barbe. Enfermez-les dans la grotte pour cette nuit ! Demain matin, nous les jetterons aux requins !

Chapitre 4
LE TRÉSOR

Nous voici enfermés dans une grotte éclairée par des torches, tout près de la belle Esmeralda.

Elle est menottée et attachée au mur par une lourde chaîne de fer. La pauvre princesse est terrorisée par les rats qui courent entre ses pieds nus et les chauves-souris qui lui frôlent la tête.

Zoé et moi ne sommes pas retenus par des chaînes, mais notre sort n'est guère plus enviable : les pirates nous ont si bien attachés qu'il nous est impossible de bouger. Ils sont peut-être laids et stupides, mais leurs cordes sont solides et ils savent comment faire des nœuds !

– J'espère que tu as prévu quelque chose pour nous sauver, me dit Zoé. Je n'ai pas du tout envie de me faire dévorer par des requins!

– N'aie pas peur. Quand le pirate a commencé à m'attacher les jambes, j'ai appuyé sur le bouton qui permet de sauter immédiatement à la scène suivante. Il n'a donc pas pu terminer son travail, et mes mains sont libres. Laisse-moi deux minutes et je m'occuperai de toi.

Je réussis facilement à me défaire des nœuds qui m'emprisonnent, mais ceux de Zoé sont si serrés que j'ai du mal à y arriver.

Aussitôt que nous avons fini, la princesse s'adresse à nous:

– Je ne sais pas qui vous êtes, dit-elle, mais aidez-moi à sortir d'ici! Mon père vous couvrira de trésors!

– Il n'en est pas question, lui répond Zoé. Votre rôle est de rester dans cette grotte jusqu'à la fin du film. Si vous n'êtes pas contente, vous n'avez qu'à vous plaindre auprès du réalisateur.

Zoé m'étonne: pourquoi est-elle si méchante avec la belle Esmeralda? Je ne reconnais pas mon amie, qui est d'habitude si gentille. Peut-être est-elle énervée à cause des rats et des chauves-souris?

– Attention ! lance la princesse. Derrière vous !

Zoé n'a pas le temps de réagir : un pirate a posé sa grosse patte sur sa bouche pour l'empêcher de crier et lui tord le bras de l'autre main ! Pauvre Zoé : le pirate est vraiment atroce avec ses dents noires, ses mains crasseuses et son ventre énorme. J'appuie vite sur une touche de la télécommande, et ZAP ! je fais reculer son agresseur ! J'appuie ensuite sur une autre touche, et ZAP ! nous sautons à la scène suivante ! Je suis vraiment un virtuose de la télécommande ! Mais où donc allons-nous aboutir, cette fois-ci ?

Chapitre 5
LE GALION ROYAL

Nous nous retrouvons à nouveau dans un endroit sombre et humide. Nous entendons des craquements et des grincements menaçants. Quand nos yeux sont habitués à l'obscurité, je m'aperçois que nous sommes dans le bateau du capitaine Eliott, qui a été chargé par le roi de délivrer la belle Esmeralda et de détruire le repaire des pirates.

– Tu as eu une excellente idée de nous emmener ici, me félicite Zoé quand elle reconnaît à son tour le navire.

– N'est-ce pas ? Nous assisterons bientôt à la terrifiante bataille navale entre les bateaux de Barbe-Mauve et ceux du capitaine Eliott. À mon avis, c'est la meilleure scène du film : il va y avoir des bagarres, des coups de canon, des bateaux qui prennent feu et des marins qui tombent à l'eau. J'ai prévu regarder cette bataille avant de retourner voir la pauvre princesse Esmeralda.

– Elle n'est pas si pauvre que ça, ta princesse ! Tout ce qu'elle doit faire, c'est rester dans sa grotte et attendre qu'on vienne la délivrer ! Ce n'est pas très difficile !

– Aimerais-tu être enfermée dans cette grotte, toi? As-tu pensé aux chaînes qui serrent ses pieds et aux rats qui courent partout? N'as-tu pas pitié d'elle?

– Bah! Ce ne sont même pas de vraies chaînes! Ce qui m'intéresse, moi, c'est d'aller au plus vite aider le capitaine Eliott! Il est tellement beau!

Tout s'éclaire! Si Zoé ne veut pas aider la princesse, c'est parce qu'elle est amoureuse du héros! J'aimerais bien la taquiner un peu à ce sujet, mais je n'en ai pas le temps. Il faut d'abord que je trouve un moyen pour sortir de

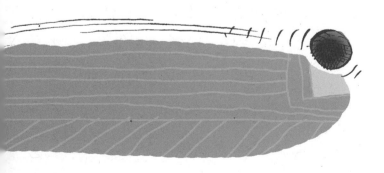

la cale où nous avons atterri. Il n'est pas question de moisir ici alors que la bataille va bientôt commencer !

Nous repérons un escalier qui donne sur une trappe, mais elle est fermée par un cadenas. J'essaie de l'ouvrir avec un canif, mais je n'y arrive pas.

– Inutile de t'acharner sur cette écoutille, s'impatiente Zoé. Passe-moi la télécommande, j'ai trop hâte d'aller rejoindre le beau capitaine!

Une *écoutille*? Je me souviens qu'un des matelots utilisait ce mot, dans le film, mais je ne l'avais pas retenu. Zoé a une bonne mémoire!

Je lui donne la télécommande, elle appuie sur la touche « avance rapide » et ZAP ! nous voici aux côtés du capitaine Eliott, qui est posté derrière la grande roue. Je ne comprends pas pourquoi Zoé le trouve si beau. C'est vrai qu'il est grand, fort et musclé, que sa chevelure est magnifique et ses dents resplendissantes, que sa mâchoire est carrée et qu'il a de beaux grands yeux, mais à part ça, je ne vois vraiment pas ce qu'il a de plus que moi.

– Qu'est-ce que vous faites là, moussaillons ? s'écrie-t-il en nous voyant. Ce n'est pas un endroit pour les enfants, ici ! Nous allons bientôt nous battre contre des pirates ! C'est dangereux ! Grimpez vite par ces haubans et cachez-vous dans la hune du mât de misaine !

Heureusement qu'il nous montre du doigt ce qu'il veut dire par là, sinon nous n'aurions rien compris ! Il nous désigne une échelle de corde qui mène à un panier fixé sur un mât.

Zoé appuie sur le bouton, et ZAP ! nous serons bientôt en haut du mât, sans même avoir eu à grimper !

Chapitre 6
ZOÉ EST DANS LA HUNE

Mais que se passe-t-il? Plutôt que de nous retrouver dans un panier, comme je m'y attendais, nous voilà dans mon salon, bien assis sur le divan!

– Qu'est-ce que tu as fait, Zoé? Pourquoi nous as-tu ramenés ici? L'action va bientôt commencer!

– Justement! Ici, nous sommes sûrs de ne rien manquer! Nous verrons toutes les batailles importantes, et nous aurons même droit à de gros plans du beau capitaine Eliott, que nous pourrons faire jouer au ralenti! En plus, nous ne risquons pas de recevoir un boulet sur la tête!

– Mais ce ne sont pas de vrais boulets, voyons ! C'est du cinéma !

– Ce ne sont peut-être pas de vrais boulets, mais as-tu vu à quelle hauteur était la hune dont il parlait ? Je n'étais déjà pas très à l'aise au sommet du cocotier, alors imagine un peu en haut d'un mât qui ballotte à droite et à gauche !

– Aurais-tu le vertige, par hasard ?

– Certainement, et je n'ai pas envie que le capitaine Eliott le sache ! Nous irons le rejoindre quand la bataille sera terminée, voilà tout !

Je ne l'avoue pas à Zoé, mais sa décision me soulage. Je n'avais pas envie de me retrouver dans cette hune, moi non plus ! Une bataille navale, c'est comme une partie de hockey : le meilleur endroit pour y assister, c'est devant la télévision. On est certain de ne rien rater, et on peut même revoir les faits saillants au ralenti. Tout ce qu'on risque, c'est de s'étouffer en mangeant du maïs soufflé !

Les trois navires de Barbe-Mauve foncent tout droit sur le galion du capitaine Eliott, qui est bientôt encerclé. Celui-ci résiste bravement, mais son bateau est atteint par des boulets de canon et commence à couler. Barbe-Mauve et ses hommes se lancent alors à l'abordage et éliminent les uns après les autres les marins du capitaine.

Le pauvre Eliott se retrouve bientôt seul de son camp. Sa situation semble désespérée. Il grimpe dans un hauban, poursuivi par des hordes de pirates, et monte jusqu'en haut du plus grand mât. En regardant au loin, il aperçoit cependant la flotte royale qui vient à sa rescousse !

Ragaillardi par cette vision, il continue à pourfendre ses ennemis d'une seule main, se retenant de l'autre au hauban. Comme tous les pirates ont les yeux rivés sur lui, ils ne voient pas qu'ils sont encerclés par les bateaux du roi. Tant pis pour eux !

Les marins du roi se lancent maintenant à l'abordage des bateaux pirates. Nous assistons à une deuxième bagarre générale qui se termine lorsque le méchant Barbe-Mauve est jeté par-dessus bord.

Quelle belle bataille ! J'ai beau l'avoir vue deux fois, j'adore ça !

Le capitaine Eliott peut enfin partir à la recherche de l'île des pirates pour délivrer Esmeralda.

– Passe-moi la télécommande, Zoé : j'ai tellement hâte d'aller voir notre princesse !

– Pas question ! C'est à mon tour de choisir, et je n'ai pas envie de retourner dans cette grotte ! Je préfère me promener en bateau avec le beau capitaine.

– Aurais-tu oublié que Barbe-Mauve a laissé quelques-uns de ses hommes pour garder Esmeralda et qu'ils risquent de la maltraiter ? Ton capitaine n'a rien d'autre à faire que de naviguer, et tu ne peux rien faire pour l'aider !

– C'est bon, accepte enfin Zoé à contrecœur. Je te rends la télécommande, mais promets-moi que nous reverrons le capitaine Eliott le plus vite possible ! Il est tellement beau !

Je suis un peu fatigué d'entendre Zoé s'extasier sur son beau capitaine, et j'ai bien envie de lui jouer un tour...

Aussitôt que j'ai la télécommande en main, j'appuie sur une touche et ZAP ! nous nous retrouvons dans la jungle, parmi les fleurs et les plantes tropicales.

Chapitre 7
PERROQUETS ET OUISTITIS

–   Peux-tu m'expliquer ce qu'on vient faire dans cette forêt? me crie Zoé. Je n'aime pas ça! Je n'aime pas ça du tout!

Mais les ouistitis, les aras, les perroquets et les cacatoès font tant de bruit autour de nous que j'ai du mal à l'entendre.

–   J'ai pensé que nous pourrions atteindre une autre entrée de la grotte en contournant la montagne. C'est une toute petite expédition qui ne prendra que quelques heures.

– *Quelques heures???* Je n'aime pas ton idée! Partons d'ici tout de suite! C'est plein de moustiques!

– Rien de plus normal : ce film est tourné dans un décor naturel. Aurais-tu préféré circuler parmi des plantes en plastique ? Tu peux bien supporter quelques petites piqûres, non ?

– Si nous sommes dans un décor naturel, comme tu le dis, est-ce que ça signifie qu'il y a aussi des serpents ?

– Non seulement il y a des serpents, mais aussi des scorpions, des sangsues géantes et des chauves-souris vampires !

– Fais-nous arriver dans la grotte au plus vite, Zak ! Il faut aller aider la princesse !

– ... Bon, d'accord !

J'ai obtenu ce que je voulais : Zoé a fini par oublier son beau capitaine, et c'est même *elle* qui me supplie d'aller rejoindre Esmeralda !

J'appuie donc sur avance rapide, et ZAP !...

Mais que se passe-t-il ? On dirait que la télécommande ne fonctionne plus ! Plutôt que d'aller tout droit à la scène suivante, nous revenons au début de celle-ci ! Nous marchons dans la jungle, parmi les fleurs et les plantes tropicales. Les ouistitis, les aras, les perroquets et les cacatoès font tant de bruit que j'ai du mal à entendre Zoé.

– Peux-tu m'expliquer ce qu'on vient faire dans cette forêt? me crie-t-elle.

Quelle que soit la touche sur laquelle j'appuie, le résultat est le même: nous marchons dans la jungle, parmi les fleurs et les plantes tropicales. Les ouistitis, les aras, les perroquets et les cacatoès font tant de bruit que j'ai du mal à entendre Zoé.

Sommes-nous coincés ici pour l'éternité? Au secours!

Chapitre 8
OUF !

J'ai enfin réussi à appuyer sur une touche qui fonctionne, et nous voilà tous les deux dans la grotte, aux côtés de la belle princesse. Elle est si belle que je ne me lasse pas de la regarder.

– Aidez-moi! s'écrie celle-ci aussitôt qu'elle m'aperçoit. Délivrez-moi de mes chaînes, et mon père vous couvrira de trésors!

– Encore! s'exclame Zoé. Ta princesse manque décidément d'imagination, mon cher Zak! Tout ce qu'elle sait faire, c'est répéter sans cesse la même réplique! Bon, tu devrais maintenant être rassuré, non? Elle est saine et sauve. À présent, donne-moi cette télécommande...

Je suis tellement obnubilé par la beauté de la princesse que Zoé réussit à saisir la télécommande, et ZAP! nous passons à la scène suivante. Nous sommes maintenant sur la plage, où débarquent les hommes du capitaine Eliott.

Celui-ci est pour le moins étonné de nous voir.

– Que faites-vous là, *bambinos* ? Comment avez-vous pu *arrivationner* ici avant nous ? D'où venez-vous, par la barbe de la sirène ?

– Tu ne trouves pas qu'il parle drôlement ? me glisse Zoé à l'oreille.

– C'est sans doute parce qu'il ne s'est jamais retrouvé dans cette situation. Il est maintenant obligé d'improviser. Ton beau capitaine avait l'air intelligent quand il répétait des phrases apprises par cœur, mais tu le vois maintenant sous son vrai jour !

– Peu importe, répond Zoé en se tournant vers le capitaine. Nous pouvons vous guider jusqu'à la grotte où la princesse est enfermée, si c'est ce que vous voulez.

– Certainement que je vouloir ! Explique rapide à moi où elle se trouver ! J'espère qu'elle n'a pas trop *soufférationné* et que sa peau est encore *doucereuse* comme des blés d'or bercés par la tornade tropicale ! Oh, comme je m'ennuie de ses superbes chevelures soyeuses comme des joyaux d'ébène en cristal de marbre !

– *Soyeuses comme des joyaux d'ébène en cristal de marbre ???* répète Zoé en fronçant les sourcils.

– Oui, je sais, ça ne veut rien *signifi-cationner*, admet Eliott, mais les femmes *adorationnent* mes langoureux poèmes quand je les susurre de ma voix de caramel. Conduisez-moi vite à ma belle princesse, que je lui *récitationne* d'autres poèmes de mon inspiration! Sans elle, je suis seul et triste comme un dentier privé de carré aux dattes.

– ... Comme vous voudrez, soupire Zoé, qui semble de plus en plus découragée par les propos de son beau capitaine.

Nous guidons Eliott et ses hommes jusqu'à la grotte, dans laquelle ils s'engouffrent tête baissée, sans se douter qu'ils tombent dans un piège.

– Je suis déçue, me souffle Zoé à l'oreille tandis que nous entrons à notre tour. Eliott est très beau, mais il est tellement bête!

Je ne peux pas m'empêcher de sourire : je suis tellement content qu'elle soit déçue !

Chapitre 9
LE RETOUR DE BARBE-MAUVE

Eliott se précipite vers sa belle princesse pour la libérer de ses chaînes. Mais il a à peine le temps d'arriver jusqu'à elle que nous entendons un rire démoniaque derrière nous. C'est Barbe-Mauve, entouré d'hommes menaçants. Le chef des pirates a une torche dans sa main, et un de ses assistants tient un baril de poudre au-dessus de sa tête.

– Barbe-Mauve ! s'exclame Eliott. Je vous croyais mort ! Il semble que les requins n'aiment pas la viande avariée ! Ils n'ont pas eu envie de vous croquer !

On dirait que le capitaine se souvient maintenant de ses répliques !

– Sachez que je suis plus coriace que vous l'imaginez, répond Barbe-Mauve. Quand vous m'avez lancé par-dessus bord, j'ai réussi à nager jusqu'au bateau et je me suis accroché au gouvernail. Mais trêve de bavardage ! Vous allez bientôt mourir, et votre princesse avec vous !

Barbe-Mauve essaie d'allumer la mèche du baril de poudre, mais celle-ci est sans doute humide et il doit s'y reprendre à deux fois. Vif comme

l'éclair, Eliott se précipite vers le pirate et réussit à trancher la mèche d'un coup d'épée.

Il s'ensuit une autre bagarre générale au cours de laquelle les bandits sont éliminés l'un après l'autre. Leur chef se révèle toutefois un adversaire plus redoutable, et il faudra tout le courage et toute la ruse d'Eliott pour en venir à bout.

Shling, schlang, schling, les deux hommes se livrent un duel que je n'ai pas envie de regarder : je l'ai déjà vu deux fois ! Je préfère aller délivrer la belle Esmeralda pendant que personne ne nous regarde.

– Merci, me dit-elle en me passant la main dans les cheveux. Tu es un gentil petit garçon. Je demanderai à mon père de te donner des bonbons.

Des bonbons! Elle m'offre des bonbons alors qu'elle m'avait promis des trésors! Quelle menteuse! Et moi qui rêvais qu'elle me demande en mariage!

Je dois avoir l'air très déçu. Je le suis plus encore quand je m'aperçois que Zoé a assisté à la scène et qu'elle me regarde en souriant...

Shling, schlang, schling... La bagarre est maintenant finie, et Barbe-Mauve est mort (ou du moins, il fait semblant).

Esmeralda court se jeter dans les bras d'Eliott, et nous sommes prêts pour la scène finale.

Chapitre 10
À BAS LES BAISERS !

Le soleil se couche à l'horizon, et nos deux héros marchent lentement sur la plage en se tenant par la main.

– Ô mon amour, murmure Eliott. Tu es plus belle que la plus belle des fleurs artificielles et ta peau est plus douce qu'une pépite d'or. Tes cheveux sont noirs comme de la suie de charbon et frisés comme des moutons sous la pluie. Tes dents sont blanches comme un lavabo neuf...

Je ne sais pas si le beau capitaine improvise, mais ses paroles sont ridicules! Cela ne semble pas déranger Esmeralda, qui le regarde en battant des paupières, la main sur le cœur.

– Ô mon amour, répond la princesse. Tu n'es pas seulement un vaillant capitaine, tu es aussi un grand poète! N'en finiras-tu jamais de m'étonner? Il me tarde que nous soyons enfin mariés. C'en sera alors fini de tes lointaines aventures, et nous ne nous quitterons plus jamais! Tu pourras me réciter tes poèmes du matin au soir tandis que je te tricoterai des épées avec de la laine d'acier!

Pas de doute, ces deux-là vont bien ensemble: Esmeralda est aussi bête qu'Eliott! Comment peut-elle aimer ses poèmes stupides?

Le couple d'amoureux se dirige maintenant vers le coucher de soleil et Eliott donne à sa bien-aimée une orchidée qui se trouvait là par hasard.

– Respire le parfum de cette fleur, l'invite Eliott. Il n'a d'égal que la lumière de ta peau rayonnante comme un soleil multicolore qui serait lumineux comme... euh... comme un soleil multicolore.

Décidément, ce capitaine a le don de trouver des comparaisons originales ! Si j'en faisais autant dans mes productions écrites, madame Mélissa ne serait pas très contente, et elle aurait raison !

Le pauvre Eliott tend la fleur à Esmeralda, sans se douter que Zoé nous a préparé un de ces effets spéciaux dont elle a le secret.

La jeune femme porte la fleur à son nez et respire à pleins poumons... le poivre que Zoé y a mis !

– Atchoum ! Atchoum ! Atchoum ! Aaaa... tchoum !

Esmeralda éternue tellement qu'Eliott ne réussira jamais à l'embrasser !

– Mission accomplie, me dit Zoé. Je déteste les baisers ! Et maintenant, rentrons à la maison !

Chapitre 11
ENCORE DES POÈMES !

— Tout est bien qui finit bien, conclut Zoé une fois que nous sommes revenus chez moi. Quelle tarte, ce capitaine Eliott! Comment peut-on être aussi bête!

— Tu as bien raison! Il est presque aussi bête que la princesse. J'espère qu'ils vont continuer à éternuer jusqu'à la fin de leurs jours!

— Que fait-on, maintenant? On regarde un autre film?

–Que dirais-tu de composer plutôt des poèmes à la manière du capitaine Eliott? Je commence:

Avec Zoé, finis les baisers mouillés!
Elle a mangé du pâté avarié
et ses dents sont cariées!

– Quel magnifique poème! À mon tour, maintenant:

Zak est mou comme un hamac!
Il y a des flaques dans sa baraque!

–Avec Zoé, impossible de s'ennuyer!

– Avec Zak, l'affaire est dans le sac !

– Nous devrions aller proposer nos poèmes à Hollywood !

– Je suis d'accord, mais il faudra jouer du coude.

– S'ils ne veulent pas de nous, je boude !

Mot sur l'auteur, François Gravel

Si François Gravel devait aller dans les Caraïbes, ce ne serait certainement pas pour se battre contre l'horrible Barbe-Mauve, ni même pour sauver la belle Esmeralda, et encore moins pour écouter les poèmes du capitaine Eliott! Il préférerait se baigner dans la mer, faire une sieste dans un hamac, plonger pour admirer les poissons et les coraux, lire des livres sous un parasol... et regarder des films de pirates à la télévision!

Mot sur l'illustrateur, Philippe Germain

Rien de plus facile pour Philippe Germain que de recréer l'univers des pirates! Pourquoi? Dans sa famille même, nous a-t-il confié, se cacheraient de petits pirates! Toujours grognons, grincheux tel Barbe-Mauve, défiant les gens bêtes et ayant un vrai don pour dessiner des cartes au trésor, ceux-ci sont pourtant... très gentils. Bref, ils ressemblent à Philippe, qui a vraiment l'âme d'un pirate, foi d'Yvon Brochu, éditeur.

Les histoires de **Zak** et **Zoé**

Auteur : François Gravel
Illustrateur : Philippe Germain

Série Sports extrêmes

1. Du soccer extrême !
2. Ça, c'est du baseball !
3. OK pour le hockey !
4. Il pleut des records

Série Cinéma extrême

5. Silence, on zappe !
6. À nous deux, Barbe-Mauve !
7. Peur, pas peur, j'y vais ! (août 2012)
8. Hollywood, nous voici ! (janvier 2013)

RECYCLÉ
Papier fait à partir
de matériaux recyclés
FSC® C103567

Marquis imprimeur inc.

Québec, Canada
2011

Imprimé sur du papier Silva Enviro 100% postconsommation
traité sans chlore, accrédité ÉcoLogo et fait à partir de biogaz.